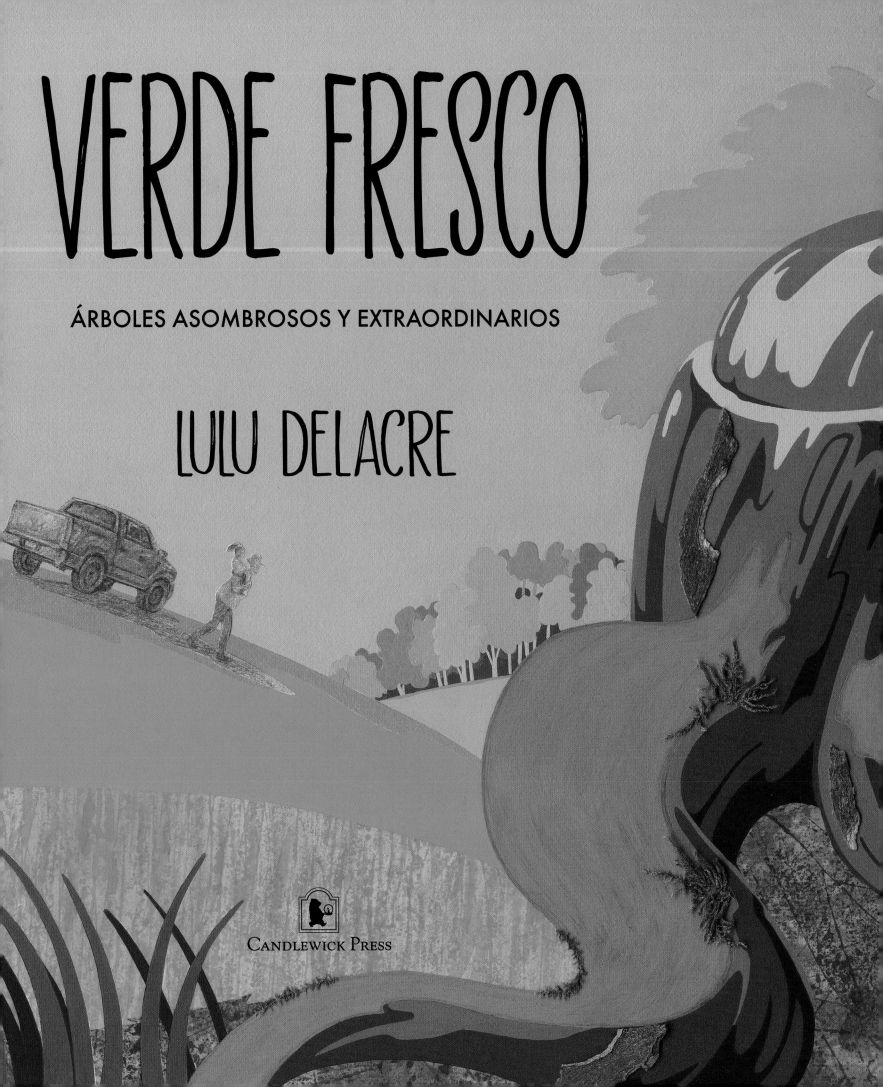

VERDE FRESCO

ÁRBOLES ASOMBROSOS Y EXTRAORDINARIOS

LULU DELACRE

CANDLEWICK PRESS

¿Por qué, abuelo? ¿Por qué?

¿Por qué me maravillan los árboles?
¡Los árboles son asombrosos!
Déjame compartir contigo, mi niña,
algunas de las razones.

Escondida y albergada
entre otras de su especie,
vista únicamente por muy pocos,
una secoya de la costa
alta se yergue
por sobre cada uno
de los tres millones
de árboles vivientes
del planeta Tierra.

En un bosque milenario
de gigantes color carmín,
el general Sherman reina supremo.
Cuenta con más de dos mil años
y es el purificador de aire
más grande
de nuestro mundo.

Una sinfonía
de aves y abejas
hacen su hogar
en el más grueso
de todos los árboles,
un ahuehuete.
En su rugosa corteza
el árbol del Tule esconde
criaturas imaginarias
que descubrir.

De día se empapa de sol.
De noche se baña en brisa marina.
El árbol de la vida,
el árbol de la abundancia,
el árbol de los mil usos:
el cocotero.
Una palma con drupa,
el coco—
fruto dulce, de carozo leñoso,
¡y la segunda semilla
más grande del mundo!

El pehuén
es un fósil viviente
y primo de árboles de antaño.
Sus hojas cual escamas
en ramas cual serpientes
sobreviven
¡hasta veinte y cuatro años!

Ay, yo amo el baobab,
un árbol de cabeza
con tronco como esponja.
En diluvio su barriga se agranda.
En sequía su barriga se achica.

Entonces, sólo en verano
y tan sólo una noche
sus colgantes campanas blancas
saturadas de perfume agridulce
atraen a los murciélagos de muy lejos.

¿Conoces tú la maravillosa acacia de copa plana?

No sólo viste sus ramas
de agujas y ganchos;
también bombea veneno
derechito a sus hojas
para alejar a los rumiantes
en busca de almuerzo fresco.
Y como buena vecina avisa,
con señales de olor,
a las acacias cercanas
de rumiantes merodeando.

Al pelarse su corteza,
se revelan colores nuevos,
azul hielo y violeta,
naranja cálido y carmín,
amarillo intenso y verde lima.
¡El eucalipto arcoíris resplandece!
Cambiante e inconstante,
es la obra maestra
de la madre naturaleza
que jamás se repite.

El pino de Wollemi
es un árbol dinosaurio.
Se remonta a los tiempos
de los aterrorizantes titanes.
De corteza café efervescente,
sus ramas plumosas son
únicas porque tienen
cuatro hileras de hojas.

¿Tú dices que parece una palma?
¡Ay, pero mira a lo alto!
¡Si son conos los que penden
del pino de Wollemi!

Los Árboles Madre rigen en el bosque.
Cuidan de sus retoños
resguardándolos del sol
y las plántulas crecen lento y fuertes.
Son ancianos y sabios
y abren sus raíces
acogiendo bien adentro
a los hongos que les conviene.

Y hongos y árboles
dan y reciben notas y nutrientes
comunicándose siempre
en código químico.
Esta red compleja
de filamentos fúngicos
¡es la maravillosa
wood-wide-web!

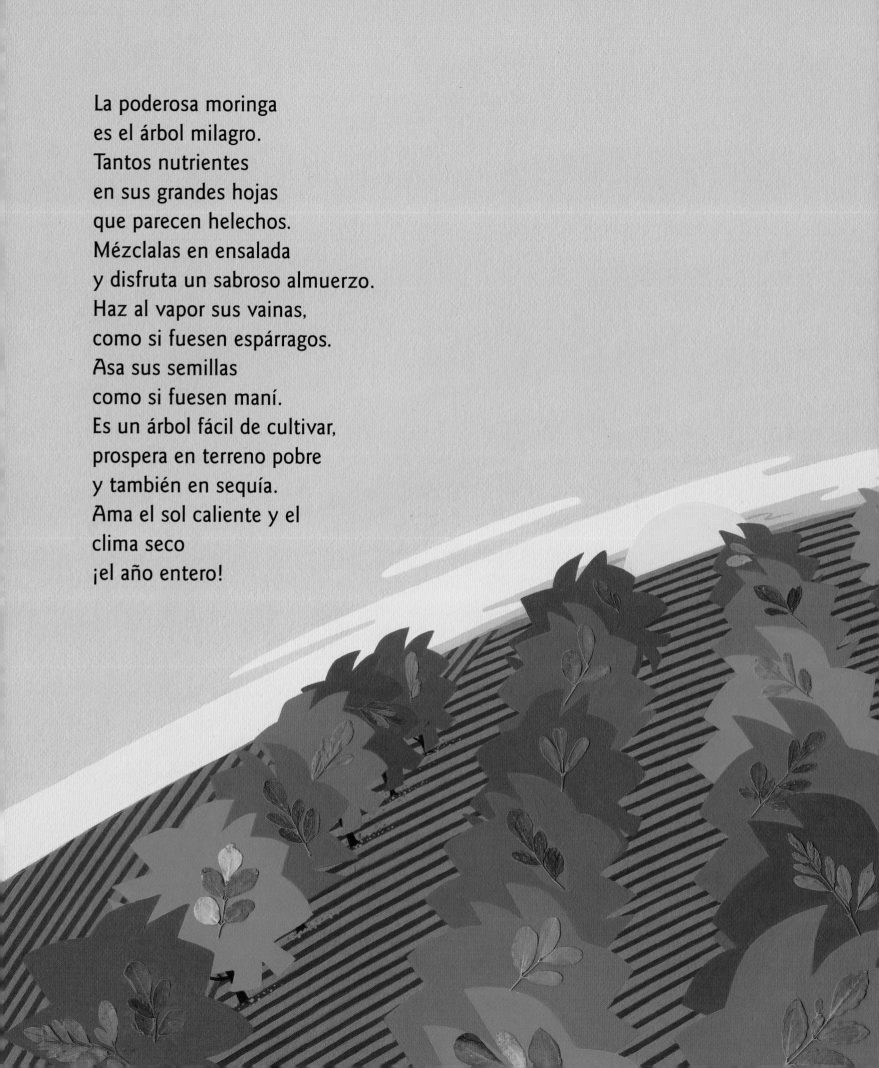

La poderosa moringa
es el árbol milagro.
Tantos nutrientes
en sus grandes hojas
que parecen helechos.
Mézclalas en ensalada
y disfruta un sabroso almuerzo.
Haz al vapor sus vainas,
como si fuesen espárragos.
Asa sus semillas
como si fuesen maní.
Es un árbol fácil de cultivar,
prospera en terreno pobre
y también en sequía.
Ama el sol caliente y el
clima seco
¡el año entero!

¡Abuelo,
Moringuita es mi árbol favorito!

Los árboles son verde fresco, mi niña.
Mientras cuidemos de ellos,
ellos cuidarán de nosotros.

NOTA DE LA AUTORA-ILUSTRADORA

Hay muchos otros árboles asombrosos en adición a los que aparecen en este libro. Pude haber incluido el árbol floreciente tropical más alto, un meranti amarillo llamado Menara de Borneo, en Malasia, que descubrí durante mi investigación. Sin embargo, llegué a la conclusión de que al limitar la selección, abría las puertas a los jóvenes lectores de que se preguntasen cuáles eran los árboles más extraordinarios para ellos y por qué.

Mi árbol favorito es la *Moringa oleifera*. Es un árbol visualmente humilde con altos poderes nutritivos y curativos. Como parte de la investigación de este libro, cultivé mi propia Moringuita desde de la semilla. Además, luego de aprender sobre la relación simbiótica entre los árboles y los hongos, inoculé troncos de roble con desove de shiitake y cultivé mis propios hongos shiitake.

Durante la investigación aprendí cómo identificar un árbol por el tipo de hojas que produce. Por eso es que recopilé las hojas de los árboles mencionados en este libro para integrarlas en el arte. Es mi manera de acercar estos árboles al lector y estimularlo a recoger, prensar e identificar hojas, tal como lo hice yo.

¿Encontraste tu árbol favorito en este libro? ¿O es que el tuyo no está incluido? Si no resides cerca de los predios naturales de algunas de las especies de árboles mencionadas, puedes buscarlas en tu arboreto o jardín botánico más cercano. ¡Puede que te sorprenda lo que encuentras! Te animo a que siembres tu propia semilla de árbol. Cada semilla tiene el potencial de llegar a ser un árbol asombroso y extraordinario, si tan solo lo cuidas.

¿POR QUÉ LOS ÁRBOLES?

Más de setenta y tres mil especies de árboles habitan la Tierra. De este número se cree que unas nueve mil especies sean raras, no descubiertas, que probablemente habitan en valles y montañas tropicales lejanos. Los árboles son los pulmones del planeta. Protegen de la erosión. Promueven la caída de la lluvia. Proveen nutrición y albergue. Son testigos de la historia. Son hermosos. Hacen que la Tierra sea un lugar fresco para vivir.

Los árboles purifican el aire que respiramos. Los bosques (grandes grupos de árboles) reducen los nocivos gases de efecto invernadero al transformar el bióxido de carbono en oxígeno. Los árboles recogen la energía solar y la utilizan para mezclar el carbono con el hidrógeno y producir azúcares. Toman el carbono del gas de bióxido de carbono en el aire. Toman el hidrógeno del agua que beben. En el proceso de combinar ambos para producir azúcares, despiden el oxígeno que no utilizan al medio ambiente. Este oxígeno que los árboles despiden apoya la vida humana y animal. Las azúcares que no ingieren de inmediato terminan ¡almacenadas en sus troncos!

Los troncos registran los cambios ambientales. Los aros de un árbol milenario revelan tanto la edad del árbol como la clase de clima durante un tiempo en específico. Hay un aro por cada año, y el ancho del aro varía según cuán cálido, húmedo, frío o seco estuvo durante tal período de tiempo.

El sistema de raíces de los árboles protege a la gente de las inundaciones. Las gruesas raíces se ramifican en filamentos flexibles que ayudan a mantener la tierra en su lugar. Este sistema actúa como una red reguladora del flujo del agua subterránea. Al mantener la tierra en su lugar, las raíces previenen que el terreno se diluya en el río, en donde desplazaría el agua. Esto reduce el riesgo de que el río rebase su cauce.

Las hojas de los árboles capturan el agua de lluvia y dejan que se evapore formando nubes. La evaporación reduce la temperatura atmosférica. Las nubes llevan lluvia a algún lugar donde hace falta. Las hojas caídas se convierten en un gran acondicionador del terreno. Si las hojas cambian de color y se caen del árbol, se dice que el árbol es caducifolio o de hoja caduca. El árbol perennifolio o de hojas perennes las conserva verdes todo el tiempo. Los árboles proveen sombra, alimento y albergue para la supervivencia de la vida salvaje y humana. Muchos animales, pájaros, insectos, reptiles y hasta peces dependen de los árboles para sobrevivir.

Los árboles son duraderos, respetuosos y hermosos. Los ancestrales son testigos de eventos históricos dignos de recordarse. Los árboles son un ejemplo de la coexistencia pacífica en el bosque. Los científicos han comprobado que los árboles se comunican entre sí, ayudándose a sobrevivir ¡y hasta mantener un tocón vivo! Los árboles son bellos organismos vivientes para admirar y son fuente de inspiración. Leer bajo un árbol, dibujar bajo un árbol u observar un árbol brinda calma y serenidad.

DATOS FASCINANTES SOBRE LOS ÁRBOLES EN ESTE LIBRO

EL TOCÓN VIVIENTE DE ÁRBOL

A veces te encuentras un tocón viviente en el bosque. ¿Cómo es que un árbol puede permanecer vivo si no tiene hojas para producir su alimento o un tronco para almacenar nutrientes? Un árbol vecino de su misma especie puede haber fundidosus raíces con las del árbol truncado. Esto mantiene el tocón vivo por muchos años, ya que las azúcares y los nutrientes del árbol que se ha unido fluyen al tocón. Los científicos creen que esta unión entre árboles puede beneficiar al árbol vecino también, ya que los injertos permiten al vecino expandir su red de raíces y así tener acceso al agua y a nutrientes de un área de terreno mucho mayor.

EL ROBLE BLANCO, ÁRBOL TESTIGO

Quercus alba, caducifolio o de hoja caduca • En el año 2004 el roble fue seleccionado como el árbol nacional de Estados Unidos. Más de sesenta especies derobles crecen en este país. Admirados por su belleza, madera y sombra, los robles son también muy duraderos. Muchos han sido testigos de eventos importantes de la historia americana. Cerca de Stone Bridge, en el parque nacional de batalla de Manassas, en Virginia, se yergue un roble blanco que presenció las batallas de 1861 y 1862 durante la guerra civil.

LA SECOYA DE LA COSTA

Sequoia sempervirens, conífero perennifolio • Las secoyas de la costa son árboles altísimos de larga vida oriundos del Noroeste de Estados Unidos. Lentas en crecimiento y resistentes al fuego y desgaste, llegan a vivir hasta dos mil años. El árbol vivo más alto es una secoya de la costa que alcanza unos 115.6 metros (380 pies). El setenta por ciento de los árboles por sobre los 107 metros (350 pies) de altura en el mundo son secoyas de la costa que crecen en el Parque Estatal de las Secoyas de Humboldt, en California. Steve Sillett, botánico y guarda forestal que ha escalado árboles campeones, dice que la única protección para estos raros individuos, que no pueden huir y esconderse, es el anonimato.

EL GENERAL SHERMAN

 Secoya gigante (*Sequoiadendron giganteum*), conífero perennifolio • Esta secoya gigante hace alarde de números impresionantes. Ubicada en el Parque Nacional de Secoyas en el condado de Tulare, California, es el árbol viviente mas grande del mundo, basado en su volumen total de madera. El cincuenta y cinco por ciento de la masa de una secoya gigante se ubica en el tronco ¡y el tronco del General Sherman pesa unas 1,256 toneladas métricas (1,385 toneladas)! Se cree que el General Sherman, sobreviviente de los incendios forestales del 2021, cuenta con 2,200 años de vida.

EL ÁRBOL DEL TULE

 Ahuehuete (*Taxodium mucronatum*), conífero perennifolio • Ahueheute significa "el viejo del agua" en lenguaje indígena Nahuatl. También llamado ciprés de Montezuma, este árbol se da en los pantanos y a lo largo de las riberas de los ríos. Es oriundo de México y Guatemala.

El árbol del Tule es un ahuehuete localizado en el pueblo de Santa María del Tule en Oaxaca, México. Según cuenta la leyenda, Ehecatl, el dios Azteca del viento, lo plantó para los habitantes de la localidad y algunos locales lo consideran sagrado. El perímetro de su tronco mide unos 36 metros (casi 120 pies) ¡y se requiere diecisiete adultos con los brazos extendidos para darle la vuelta! Mucha más gente se puede cobijar bajo su copa que mide unos 44 metros (144 pies) de ancho.

EL COCOTERO

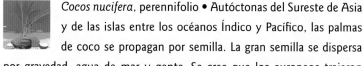 *Cocos nucifera*, perennifolio • Autóctonas del Sureste de Asia y de las islas entre los océanos Índico y Pacífico, las palmas de coco se propagan por semilla. La gran semilla se dispersa por gravedad, agua de mar y gente. Se cree que los europeos trajeron cocos a las Américas. El cocotero se da en ochenta países hoy día, incluyendo las islas del Caribe.

El coco es una drupa, una fruta de una sola semilla con tres capas principales: la piel, la pulpa y el carozo. En el caso del coco la capa externa es verde, la pulpa es fibrosa en vez de carnosa y la capa interna es una concha dura que contiene una semilla grande. La semilla, inicialmente vacía, produce agua y pulpa de coco según madura.

Cada capa del coco se utiliza para algo en alguna parte del mundo. Se fabrican cuerda, tapetes, cepillos y relleno de colchones con la fibra del coco. Dicha fibra también se quema para alejar a los mosquitos y se muele para hacer cosméticos. La gente hace máscaras, envases, instrumentos musicales y ornamentos con la concha seca

La pulpa del coco se ralla para postres, se muele para harina y se exprime para hacer leche y aceite de coco. Y el agua de coco de los cocos verdes ¡es un refresco delicioso para saciar la sed!

EL PIÑÓNERO

 Araucaria araucana, conífero perennifolio • El piñonero o pehuén es el árbol nacional de Chile. El nombre común en inglés, monkey puzzle, viene de uncomentario hecho por un invitado a una cena en la Inglaterra victoriana. Cuando el anfitrión adinerado le mostró esta rareza de árbol, el invitado comentó que sería un rompecabezas para un mono el encaramarse a las ramas espinosas. (¡Un rompecabezas imposible, ya que no hay monos en el área donde el árbol crece naturalmente!)

Los piñoneros son del linaje de árboles similares plasmados en fósiles prehistóricos de los tiempos cuando Sur América, Antártida y Australia eran un solo continente. De joven el árbol tiene una forma piramidal. Sin embargo, al madurar, pierde sus ramas inferiores y adquiere una forma voluminosa tan solo en la parte superior. Los científicos creen que su gruesa corteza es una adaptación que protege al árbol de la lava volcánica. Sus hojas se asemejan al cuero y son como pinchos. Las semillas de sus conos se asemejan a piñones grandes y forman parte de la dieta de los indígenas Pehuenche, para quienes el árbol es sagrado. El pehuén vive hasta mil años y está relacionado al pino de Wollemi.

EL BAOBAB

 Adansonia digitata, caducifolio • El baobab es un árbol oriundo de África. A veces se dice que está al revés, pues al perder sus hojas en invierno aparenta estar cabeza abajo, ya que sus ramas desnudas parecen raíces. Su madera, clara y blanda, no muestra aros de crecimiento, así que es difícil determinar la edad del árbol. Al madurar, los baobabs se ahuecan. Entonces la gente los usa para albergarse o almacenar agua. ¡Algunos baobabs pueden almacenar hasta 98,000 litros (26,000 galones) dentro de su tronco barril!

Los baobabs florecen en verano. Sus pesadas flores llegan a tener hasta 12.5 centímetros (5 pulgadas) de diámetro. Emiten un aroma dulce que cambia a olor de carne podrida según se marchitan. Es esta peste lo que atrae a los murciélagos frugívoros que polinizan las flores.

LA ACACIA DE COPA PLANA

 Acacia tortilis, perennifolio • La acacia de copa plana es oriunda de África y Arabia y prolifera en la savana africana. Los locales en Kenya preparan engrudo con sus vainas y comen sus semillas verdes. Sus hojas se utilizan como alimento de ganado y son preferidas por los animales herbívoros, como las jirafas.

La acacia de copa plana se protege de los herbívoros a través de agudas espinas rectas que llegan a tener 10 centímetros (4 pulgadas) de largo y otras pequeñas que parecen garfios. Como una segunda forma de defensa, los árboles envían una sustancia venenosa llamada tanino

a sus hojas. Además, les avisan a las acacias vecinas al despedir un gas en el ambiente que puede esparcirse hasta 50 metros (164 pies) a favor del viento. Es entonces que las acacias vecinas transmiten tanino a sus propias hojas para protegerse de cualquier rumiante que se les acerque.

EL ÁRBOL ARCO IRIS

Eucalyptus deglupta, perennifolio • El árbol arco iris, también llamado gomero de Mindanao, es oriundo de Indonesia, Papúa Nueva Guinea y las Filipinas, siendo así el único eucalipto oriundo del hemisferio norte. Crece hasta unos 76 metros (250 pies) de altura. El árbol tiene una corteza anaranjada y lisa que se pela en tiras, revelando piel fresca color verde neón. A medida que la piel nueva madura, se torna de verde a azul, de azul a púrpura, de púrpura a rosado, y de rosado a anaranjado o rojo. Este pelarse y cambiar de color es un proceso gradual y continuo. El árbol nunca muestra el mismo patrón dos veces.

EL PINO DE WOLLEMI

Wollemia nobilis, conífero perennifolio • El pino de Wollemi se creía extinto hasta el año 1994, cuando el guardabosques australiano David Noble notó un árbol poco usual creciendo en una garganta de las Montañas Azules de Australia. Recogió una rama para identificar el árbol. Las hojas, simulando hojas de palma, resultaron idénticas a fósiles que se remontan al Jurásico tardío, hace 150 millones de años.

Las hojas están cubiertas de una capa fina que las protege de la pérdida de agua. Al bajar la temperatura, los pinos se tornan inactivos y los brotes desarrollan una gruesa capa de cera que los protege del hielo. Este rasgo probablemente los ha ayudado a sobrevivir muchas edades de hielo. El pino de Wollemi desarrolla nuevos brotes directamente de las raíces, permitiéndole sobrevivir luego de sequías, incendios o avalanchas. Esta característica es probablemente la razón por la cual existen ¡doscientos mil individuos idénticos en el bosque de las Montañas Azules donde Noble los encontró! Los pinos de Wollemi tienen conos femeninos redondos y conos masculinos alargados. Su corteza asemeja un burbujeante y delicioso chocolate caliente.

LOS ÁRBOLES MADRE

Los Árboles Madre son los más grandes y ancianos de un bosque. Están conectados a cientos de otros árboles en los alrededores a través de una red de filamentos fúngicos bajo la tierra. Dado su tamaño y edad, tienen extensos sistemas de raíces relacionados a una vasta red fúngica que lleva tanto información como nutrientes. Por ejemplo, cuando un Árbol Madre muere, envía señales de defensa y azúcares a sus plántulas y los árboles jóvenes conectados a él. Las señales de defensa ayudan a las plántulas y los árboles juveniles a adaptarse al medio ambiente que el Árbol Madre ha detectado. Así

incrementa la resistencia y posibilidad de supervivencia de las plántulas y árboles juveniles.

LA WOOD-WIDE-WEB

Todos los árboles viven en una estrecha relación simbiótica (mutuamente beneficiosa) con hongos subterráneos. Tipos específicos de hongos forman relaciones con especies particulares de árboles a través de una red de filamentos fúngicos. En el Parque Nacional Acadia, en Maine, por ejemplo, la amanita muscaria (identificada por su sombrero rojo) tiene relación simbiótica con el pino, la licea, el abeto, el cedro y la cicuta.

Los hongos absorben su nutrición de la tierra. Los árboles absorben los rayos solares y producen sus nutrientes en forma de azúcares a través del proceso de fotosíntesis. Los árboles también necesitan nutrientes como el fósforo y el nitrógeno, que tienen dificultad en absorber. A través de la red fúngica, los hongos recogen con mucha facilidad el fósforo y nitrógeno del terreno y se lo pasan a los árboles. A cambio, los hongos absorben algunas de las azúcares de los árboles, las que utilizan para energía. La red de filamentos fúngicos también incrementa el acceso al agua que tienen los árboles.

LA MORINGA

Moringa oleifera, caducifolio • El árbol de moringa, oriundo de la India, es ampliamente cultivado a través de las regiones tropicales y subtropicales de África, Asia, Latinoamérica, Australia y los Estados Unidos. Es tan propagado y popular que se jacta de tener por lo menos 160 nombres comunes. Resistente a la sequía y de crecimiento rápido, el árbol crece unos 8 metros (26 pies) de altura en su primer año y llega a una altura promedio de 15 metros (50 pies) en los trópicos secos.

La moringa es una planta altamente nutritiva con propiedades curativas. Sus hojas tienen un contenido proteínico semejante a la leche en polvo pero a una fracción del costo. Además, las hojas contienen compuestos químicos conocidos como aceites de mostaza que son de los más potentes antioxidantes conocidos y potencialmente se pueden usar para reducir la inflamación, ayudar con la diabetes, bajar la presión alta y prevenir el cáncer. Las semillas molidas de moringa eliminan del 90 al 99 por ciento de las bacterias en agua no tratada, y el aceite extraído de las semillas se usa como lubricante de la maquinaria de relojes finos y satélites en vuelo orbital. Como la moringa se da en muchos países pobres con gran malnutrición, las organizaciones mundiales la usan para aumentar la ingesta nutricional.

PARA INFORMACIÓN ADICIONAL

American Conifer Society: https://conifersociety.org

American Forests: https://www.americanforests.org

Arbor Day Foundation: https://www.arborday.org

Monumental Trees: https://www.monumentaltrees.com

Plant for the Planet: https://www.plant-for-the-planet.org/en/home

Plants for a Future: https://pfaf.org

"The Secret Language of Trees," directed by Avi Ofer, Ted-Ed, July 2019, https://www.ted.com/talks/camille_defrenne_and_suzanne_simard_the_secret_language_of_trees?language=en.

BIBLIOGRAFÍA

Anderson, Kirk. "No Place to Run, No Place to Hide: Acacia Defense." GardenSMART. March 6, 2009. https://www.gardensmart.tv/?p=articles&title=Acacia_Defense_Living_Desert.

Black, Stef. "The Incredible Acacia Tree Phenomenon." Southern Destinations. September 25, 2014. https://www.southerndestinations.com/incredible-acacia-tree-phenomenon/.

Choi, Charles Q. "Tree Stump Stays Alive with a Little Help from Neighboring Trees." Inside Science. July 25, 2019. https://www.insidescience.org/news/tree-stump-stays-alive-little-help-neighboring-trees.

Debreczy, Zsolt, and István Rácz. "El Arbol del Tule: The Ancient Giant of Oaxaca." *Arnoldia*, Winter 1997–1998. http://arnoldia.arboretum.harvard.edu/pdf/articles/475.pdf.

Dordel, Julia, dir. *Intelligent Trees*. Pattensen, Germany: Dorcon Film, 2016.

Evans, Kate. "Make It Rain: Planting Forests Could Help Drought-Stricken Regions." Forest News. July 23, 2012. https://forestsnews.cifor.org/10316/make-it-rain-planting-forests-to-help-drought-stricken-regions?fnl=.

Gatti, Roberto Cazzolla, et al. "The Number of Tree Species on Earth." *Proceedings of the National Academy of Sciences* 119, no. 6 (February 8, 2022). https://www.pnas.org/content/119/6/e2115329119.

"General Sherman, the Biggest Tree in the World." Monumental Trees. https://www.monumental-trees.com/en/trees/giantsequoia/biggest_tree_in_the_world/.

"General Sherman Tree." National Park Service. https://www.nps.gov/places/000/general-sherman-tree.htm.

Gilman, Edward F., et al. "*Quercus alba*: White Oak." University of Florida, IFAS Extension. April 24, 2019. https://edis.ifas.ufl.edu/publication/st541.

Gowda, Juan. "Spines of *Acacia tortilis*: What Do They Defend and How?" Oikos 77 (November 1996): 279–284. https://www.researchgate.net/publication/236152925_Spines_of_Acacia_tortilis_What_Do_They_Defend_and_HowPMC5872761/.

Han, Andrew P. "Rainbow in a Tree." Science Friday. November 6, 2013. https://www.sciencefriday.com/articles/rainbow-in-a-tree/.

Hughes, Sylvia. "Antelope Activate the Acacia's Alarm System." New Scientist. September 28, 1990. https://www.newscientist.com/article/mg12717361-200-antelope-activate-the-acacias-alarm-system/.

Kou, Xianjuan, et al. "Nutraceutical or Pharmacological Potential of *Moringa oleifera* Lam." *Nutrients* 10, no. 3 (March 12, 2018): 343. https://pubmed.ncbi.nlm.nih.gov/29534518/.

Olson, Mark E. "*La ciencia detrás de Moringa, el árbol milagro.*" Seminar, Instituto de Biología de la

Universidad Nacional Autónoma de México. Streamed live on August 4, 2020, Seminarios IB, YouTube. https://www.youtube.com/watch?v=vdPOYHHNttU.

Olson, M. E. "Moringa: Frequently Asked Questions." *Acta Horticulturae* 1158 (2018), 19–32. https://doi .org/10.17660/ActaHortic.2017.1158.4.

Olson, M. E., and J. W. Fahey. "*Moringa oleifera*: Un árbol multiusos para las zonas tropicales secas." *Revista Mexicana de Biodiversidad* 82, no. 4 (2011), 1071–1082.

Pakenham, Thomas. *Le tour du monde en 80 arbres*. Paris: Hachette, 2019. (First published as *Remarkable Trees of the World*. New York: Norton, 2002.)

Pham, Laura J. "Coconut (*Cocos nucifera*)." *Industrial Oil Crops*, 2022. Science Direct. https://www .sciencedirect.com/topics/agricultural-and-biological-sciences/cocos-nucifera.

Price, Martin L. "The Moringa Tree." ECHO Technical Notes. Revised 2007. https://www.strongharvest.org /wp-content/uploads/2017/07/ECHO-Technical-Notes-The-Moringa-Tree-Dr.-Martin-Price.pdf.

Sillett, S. C., et al. "Increasing Wood Production Through Old Age in Tall Trees." *Forest Ecology and Management* 259 (2010), 976–994.

Simard, Suzanne. *Finding the Mother Tree: Discovering the Wisdom of the Forest*. New York: Knopf, 2021.

Snelling, Andrew A. "*Wollemia nobilis*: A Living Fossil and Evolutionary Enigma." Institute for Creation Research. April 1, 2006. https://www.icr.org/article/wollemia-nobilis-living-fossil-evolutionary-enigma.

Toomey, Diane. "Exploring How and Why Trees 'Talk' to Each Other." *Yale Environment 360*, September 1, 2016. https://e360.yale.edu/features/exploring_how_and_why_trees_talk_to_each_other.

"Traditional Crops: Moringa." Food and Agriculture Organization of the United Nations. https://www.fao.org /traditional-crops/moringa/en/.

"Trees"/"Nous Les Arbres." Fondation Cartier pour l'art contemporain, Paris. July 12, 2019 to January 5, 2020. https://www.fondationcartier.com/en/exhibitions/nous-les-arbres.

Wohlleben, Peter. *The Hidden Life of Trees*. Illustrated ed. Translated by Jane Billinghurt. Vancouver, BC, Canada: Greystone, 2018.

Yessis, Mike. "These Five 'Witness Trees' Were Present at Key Moments in America's History." *Smithsonian*, August 25, 2017. https://www.smithsonianmag.com/travel/these-five-witness-trees-were-present-at -key-moments-in-americas-history-180963925/.

A TODOS LOS JÓVENES GUARDIANES DE LA TIERRA. ¡ADELANTE, A PLANTAR UN ÁRBOL!

RECONOCIMIENTOS

Estoy muy agradecida a los muchos científicos que ofrecieron valiosa asistencia en mi investigación. Especialmente le agradezco a John Kress, PhD, curador emeritus del Museo Nacional de Historia Natural, Institución del Smithsonian, por su asistencia en la selección y corroboración de datos del material en este libro. Mark E. Olson, PhD, del Instituto de Biología, Universidad Autónoma de México, compartió su pericia sobre la *Moringa oleifera* y revisó los datos. Gracias.

Aprecio al personal de los arboretos y jardines botánicos quienes generosamente me ayudaron en mi búsqueda de especímenes vivos. Sarah Cathcart, vicepresidente de los jardines de Longwood, en Pennsylvania, me facilitó el acceso a muestras de *Araucaria araucana* y *Sequoiadendron giganteum*. Del Arboretum Nacional de los E.E.U.U., Scott Aker, jefe de horticultura, y Joseph G. Meny, horticultor, fueron fundamentales en mi acceso a la corteza, las hojas, los conos y las ramas del *Sequoia sempervirens* y *Wollemia bóbilis*. Fue Iván F. Vincéns, del servicio forestal de los E.E.U.U., Jardín Botánico, Río Piedras, Puerto Rico, quien se trepó alto en unas escaleras a cortar ramas con pimpollos y hojas del alto *Eucalyptus deglupta* en los predios del jardín; gracias. Sin el entusiasmo de Tanya M. Quist, PhD, del Arboretum de la Universidad de Arizona, no hubiese tenido acceso a las hojas y corteza del *Taxodium mucronatum*. Mil gracias a los amigos y a las amistades de los amigos, quienes hicieron lo necesario para conseguir muestras difíciles de obtener para que las pudiese adherir al arte. Abrir paquetes con especímenes de *Adansonia digitata* y *Acacia tortilis* recogidas en África me dió una gran emoción que le debo a Dhamayanthy Pathmanathan, Nancy Grayson y Aseem Shah.

Tengo un gran aprecio por mi editora, Liz Bicknell; la directora artística, Amy Berniker; la editora de la traducción al español, Melanie Córdova, y el equipo de Candlewick por ayudarme a hacer de este libro lo que es. Finalmente, gracias, Arturo Betancourt, por tu constante apoyo.

First edition 2023

Library of Congress Catalog Card Number 2022908710
ISBN 978-1-5362-2040-7 (English hardcover)
ISBN 978-1-5362-2986-8 (Spanish hardcover)

22 23 24 25 26 27 CCP 10 9 8 7 6 5 4 3 2 1

Printed in Shenzhen, Guangdong, China

This book was typeset in Goudy Sans.
The illustrations were done in acrylic paint, stamped leaf prints, and collaged specimens.

Candlewick Press
99 Dover Street
Somerville, Massachusetts 02144

www.candlewick.com

Acacia tortilis

Moringa oleifera

Sequoia sempervirens

Araucaria araucana

Sequoiadendron giganteum

Wollemia nobilis

Taxodium mucronatum

Adansonia digitata

Cocos nucifera

Eucalyptus deglupta

Quercus alba

ESCALA DE TAMAÑO DE LOS ÁRBOLES: 2 mm = 1 m   0.07 in. = 3.21 ft.